S0-ANF-130

5 minutes
Histoires pour dormir

5 minutes
Histoires pour dormir

Table des matières

Tu ne dors pas, Dotty ?

★ ★ ★

Tim Warnes

Tic!
Tac!

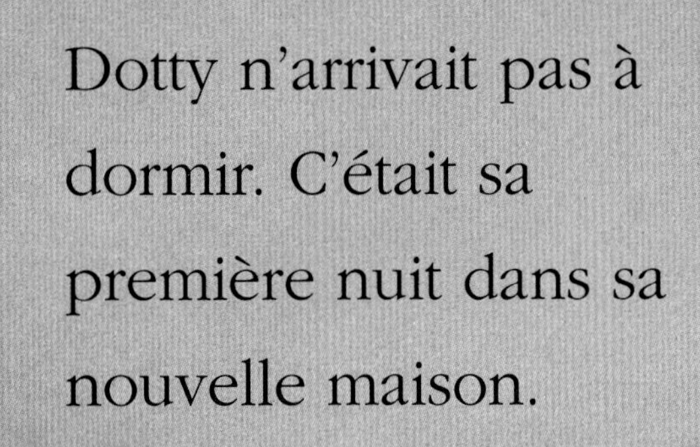

Dotty n'arrivait pas à dormir. C'était sa première nuit dans sa nouvelle maison.

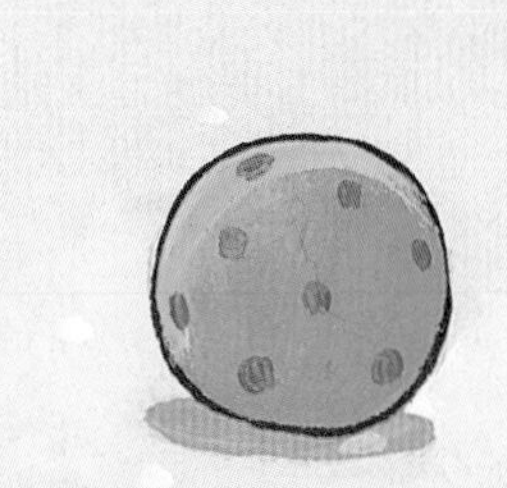

Elle avait essayé
de s'endormir
la tête en bas.
Elle avait même
essayé de se
coucher par terre.

Mais Dotty
n'arrivait toujours
pas à dormir.

Ses gémissements réveillèrent Pip la Souris.

— Tu n'arrives pas à dormir, Dotty? demanda-t-elle. Essaie de compter les étoiles.

Mais Dotty savait
seulement
compter jusqu'à
un. Ce n'était
pas assez pour
pouvoir
s'endormir.

Que pouvait-elle faire d’autre?

WHOUUUU!

C'était maintenant au tour de Pierrot l'Oiseau d'être réveillé.

— Tu n'arrives pas à dormir, Dotty? pépia-t-il. Moi, je bois toujours quelque chose avant d'aller au lit.

Dotty alla laper quelques gorgées d'eau dans son bol.

Glou !
Glou !

Mais ensuite, elle fit un petit dégât.
Voilà qui n'allait pas régler son problème!
Que pouvait bien faire Dotty pour s'endormir?

Moustache le Lapin s’était lui aussi réveillé.
— Tu n’arrives pas à dormir, Dotty? marmonna-t-il d’une voix endormie. Quand c’est l’heure de me coucher, je me cache dans mon terrier. Ça marche toujours.

Flap!
Flap!

Dotty se réfugia sous sa couverture, ne
laissant dépasser que son derrière.
Mais il faisait bien noir, là-dessous;
il n'y avait pas de lumière du tout.

Dotty avait trop peur pour s'endormir.

WHOUUUU !

Tartine la Tortue sortit
la tête de sa carapace.

— Tu n'arrives pas à dormir, Dotty? soupira-t-elle.
Moi, j'aime bien me coucher quand il fait jour dehors.

Cette idée plaisait bien à Dotty...

…et elle alluma sa lampe de poche!

— Éteins, Dotty! crièrent tous ses amis. Maintenant, c'est nous qui ne pouvons plus dormir!

La pauvre Dotty était trop fatiguée
pour essayer autre chose.
C'est alors que Tartine eut
une idée géniale…

Elle aida Dotty à se mettre au lit. Ce qu'il lui fallait, pour sa première nuit dans sa nouvelle maison, c'était…

…plein d'amis contre qui se pelotonner. Quelques minutes plus tard, ils étaient tous profondément endormis. Bonne nuit, Dotty.

Z Z Z Z Z Z Z Z z z z z

Bonne nuit, Newton !

Rory Tyger

CRAC, CRAC, CRAAAAC!

Newton se réveilla subitement. Il y avait un drôle de bruit quelque part dans la chambre.

«Ne sois pas effrayé», dit-il à Woffle. «Il y a toujours une explication à tout!»

Il caressa particulièrement chacun de ses jouets pour les rassurer.

CRAC, CRAC, CRAAAAC!

fit encore le bruit.

Newton sortit du lit et alluma la lumière.

Il traversa la chambre…

« Vous voyez, jouets », dit-il. « Vous n'avez rien à craindre. Ce n'est que la porte de l'armoire ! »

Newton retourna au lit.

FLAC! FLAC! FLAC!

Qu'est-ce que c'était? Était-ce un fantôme?

Une fois de plus, Newton sortit du lit. Il n'avait pas vraiment peur, mais apporta quand même Snappy, son jouet le plus courageux, juste au cas. Il se dirigea silencieusement vers le bruit, sur la pointe des pieds.

FLAC! FLAC! FLAC!

«Bien sûr!» dit Newton...

«C'est bien ce que je pensais.»
C'étaient les rideaux de sa chambre, qui battaient au vent.
«Je vais les ranger, à la fin».

«Tu as été très courageux, Snappy», dit-il, en fermant la fenêtre.

SPLISH ! SPLASH !
SPLOUCHE !

Encore un bruit !

Newton regarda dehors. Il ne pleuvait pas.
D'ailleurs, le bruit ne venait pas de dehors.

Ni ne venait de la chambre.
Qu'est-ce que c'était ?
« Restez ici, vous deux », dit Newton,
« pendant que je vais voir ».

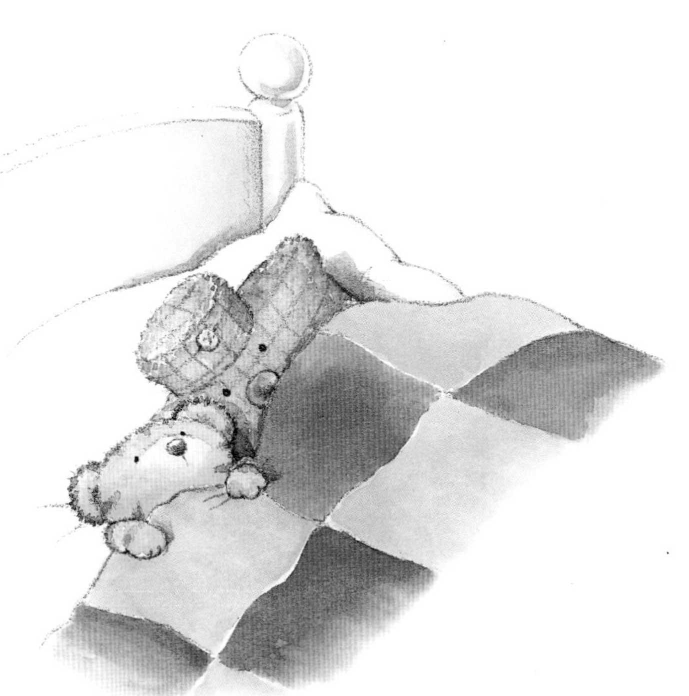

Il n'était pas du tout effrayé.
Il apportait seulement Snappy
pour avoir de la compagnie.

Newton traversa le couloir. C’était très épeurant, particulièrement dans les coins sombres.

SPLISH ! SPLASH ! SPLOUCHE ! fit le bruit.

Très, très doucement, Newton
ouvrit la porte de la salle de bain…

« Bien sûr, nous savions que c'était le robinet de la salle de bain, n'est-ce pas Snappy ? » dit Newton.

Newton ferma le robinet et traversa à nouveau le couloir sur la pointe des pieds. « Chut », dit-il à Snappy, juste au cas où quelque chose sortirait des coins sombres pour venir se jeter sur eux.

Avant de se remettre au lit, Newton
tira les rideaux, juste pour voir.
C'était très, très silencieux à l'extérieur.
« Plus aucun bruit bizarre », dit Newton.

« Vous pouvez dormir maintenant »,
dit-il à tous ses jouets.

GROING ! GROING ! GROING !

« Oh non ! » cria Newton. « Qu'est-ce que c'est ? »

Newton écouta attentivement. Pas un bruit. Il commençait même à croire qu'il n'avait d'abord rien entendu, lorsque…

GROING ! GROING ! GROING !

Encore !

Newton regarda sous son lit. Rien,
à part un vieux bonbon qu'il avait oublié.

«Ne vous inquiétez pas», dit Newton.
«Nous découvrirons bientôt quel est ce bruit.»

GROING !

Newton arrêta de bouger.

GROING !

Newton écouta attentivement.

GROING !

fit le bruit. Et soudain, Newton
sut exactement ce que c’était !

Newton descendit doucement, et entra dans la cuisine.

Il se prépara un grand verre de lait et deux grosses tranches de pain tartinées de miel. Et maintenant, il n'entendait plus du tout de GROING ! GROING ! GROING !, puisque...

… c’était son ventre vide
qui gargouillait !

Newton retourna en haut, et raconta à ses jouets l'histoire de son ventre gargouillant.

«Il y a une explication à tout», dit Newton, en remontant dans son lit.

«Bonne nuit tout le monde…

Dormez bien ! »

RRRON ! RRON ! RRON ! fit Newton.

Que fais-tu dans mon lit ?

David Bedford et Daniel Howarth

C’était une froide nuit d’hiver. Potiron le chaton n’avait nulle pwart où dormir. Alors, il se glissa doucement dans une maison…

et trouva un lit où il s’installa.

Soudain, il entendit…

des murmures, des sifflements, des
pas feutrés traversant les ténèbres.

Des yeux verts, menaçants, brillaient derrière la fenêtre, et tout à coup…

un, deux, trois, quatre, cinq, six chats se bousculèrent dans la chatière ! Ils firent des culbutes, des dérapages, des galipettes à travers la pièce et se trouvèrent nez à nez avec…

Potiron !

— Que fais-TU dans NOTRE lit ? s'écrièrent les six chats en colère.

— Votre lit ? reprit Potiron. Mais il est trop petit. Il n'y a pas de place pour tous !

— Pas de place ? reprirent les chats. Regarde…

Un, deux, trois chats s'installèrent tête-bêche…
et quatre, cinq, six grimpèrent par-dessus.

— Tu vois ? dirent-ils. Il n’y a pas de place pour toi.

— Pas de place ? s’exclama Potiron. Regardez…

Chancelant et vacillant, Potiron excalada cette montagne de chats.

— Voilà ma place, finit-il par dire.

Les chats s'étirèrent, bâillèrent et conclurent :

— D'accord. Reste là-haut et tiens-nous chaud. Mais interdiction de gigoter et de ronfler ! Et entassés, ils s'endormirent.

Quand soudain, un grosse voix résonna :

— QUE FAITES-VOUS DANS MON LIT ? DEHORS !

Les chats déguerpirent, bondissant à travers la pièce. Mais hors du lit, il n'y avait que de froids et durs recoins pour dormir.

Ronchon le chien ne tarda pas à s'endormir dans son panier.

Mais un vent glacial s'engouffra dans la chatière et réveilla Ronchon qui frissonna.

Alors, Potiron chuchota :

— Venez… et, suivi par les six chats grelottants, il traversa la pièce…

jusqu'au panier si convoité.

— Nous allons te réchauffer, déclara Potiron.

— Mais c’est trop petit, répliqua Ronchon, l’air boudeur.

— Trop petit ? dit Potiron. Regarde…

Potiron et Ronchon dormirent sur leurs deux oreilles jusqu'au petit matin, bercés par le doux ronronnement des chats.

ET TOUT LE MONDE AVAIT SA PLACE !

AU LIT LES TOUT-PETITS

Les tout-petits ont passé la journée à s'amuser.

Mais le soleil éclatant va enfin se coucher,

« Youppi ! C'est l'heure du souper ! » crie l'un d'entre eux.

Alors il accoure rapidement vers la maison !

Maman souris sourit à ses tout-petits, « Il est l'heure d'aller se coucher, lorsque vous aurez terminé le thé ! »

« Mais nous ne sommes pas du tout fatiguées ! » disent en chœur les souris, alors que l'une d'entre elles s'est endormie dans son fromage !

C'est l'heure du bain, cinq lapins s'éclaboussent,
s'amusent dans leur gros bain de mousse !

« Nous aimons faire splish-splash ! » disent-ils à leur
maman, tandis qu'elle frotte chacun d'eux.

Maman lapin sèche ses petits lapereaux, en les comptant, « un, deux, trois, quatre… ».

Puis elle rigole, « Un instant, quelqu'un est absent ! Il devrait y avoir un lapin de plus ! »

Les tout-petits se blottissent contre grand-père,
pendant qu'il leur lit les contes de son livre.
« Encore une ! » s'écrie un petit blaireau.
« Voici une histoire géniale, grand-papa, regarde ! »

Maman écureuil leur dit,

« Heure d'aller au lit, mes

petits, écoutez le train épuisé

faire choo-choo ! »

Mais l'une des petites écureuils

n'est pas fatiguée, elle veut

encore faire coucou !

Les petits oursons observent le ciel, alors que
les étoiles brillantes argentées se montrent.
« Une, deux, trois, ZZZZ ! » Quelqu'un ronfle.
Compter les étoiles l'a bien endormi !

Petit lapin cherche partout.

« On non ! » pleure-t-il, « où est Petit ourson ?

Je dois trouver mon ourson câlin, maman,

je ne peux pas m'endormir sans lui dans mon lit ! »

Tous les animaux ont leur propre ourson,

à câliner et serrer fort.

Chacun, à son côté sa douce peluche,

est assuré de dormir profondément toute la nuit !

Alors que Maman souris
borde chaque bébé,
elle chuchote, « Bonne nuit,
petits endormis ! »
Puis Petite souris imite
sa maman, et borde à
son tour son propre bébé
dans son lit.

Les hérissons tombent maintenant endormis,
alors que papa chante de douces berceuses,
mais l'un des petits hérissons accompagne
dans la chanson,
« Tra-la-la ! J'aime papa ! » s'écrie-t-il.

Chacun des tout-petits
est maintenant emmitouflé
dans son lit.

Ils s'assoupiront bientôt
vers le pays des rêves.

Au travers de la fenêtre brillent
leurs veilleuses,
douces et scintillantes,
tout comme la lune.

Bonne nuit petits blaireaux,
petits écureuils,
Dormez bien petits oursons
et les souris aussi,
Faites de beaux rêves, petits
hérissons et lapereaux,
Et une bonne nuit et
de beaux rêves à TOI !

Au lit, petits oursons !

David Bedford et Caroline Pedler

Petit ourson et sa maman avaient
passé une longue journée ensoleillée
à sillonner ensemble dans la neige.

« Il se fait tard », dit Maman ours.
« Ce sera bientôt l'heure d'aller au lit.
Allons à la maison, Petit ourson. »

Petit ourson se laissa tomber dans la neige et branla la queue. «Je ne suis pas fatigué», dit-il.

Maman ours sourit. «Tu veux bien faire une dernière exploration», dit-elle, «et nous verrons qui s'en va aussi au lit?»

Petit ourson regarda autour, «Qui d'autre s'en va au lit?» se demanda-t-il.

Maman ours s'étira debout pour le découvrir.

« Regarde là », dit-elle.

« C'est Petite chouette », dit Petit ourson.

« Petite chouette aime allonger ses ailes avant d'aller dormir, et sentir la douce brise du soir caresser ses plumes », dit Maman ours.

Petit ourson grimpa sur les épaules de sa mère.

«J'aime voler, aussi ! » dit-il.

Alors que Maman ours montait au sommet d'une pente, Petit ourson sentit le vent souffler dans sa fourrure et la chatouiller.

Puis il vit quelqu'un d'autre…

«Qui est-ce?» demanda Petit ourson en ricanant.

«Et que fait-il?»

«Bébé lièvre se baigne dans la neige», dit Maman ours,
«pour être propre et reposé, prêt à aller dormir.»

«J'aime les bains de neige aussi», dit Petit ourson. Il plongea dans la neige et posa une boule de neige douce sur le nez de Maman ours.

Petit ourson et sa maman rirent
en tombant ensemble dans la neige.

« Tu es fatigué, maintenant, Petit ourson ? » demanda sa maman alors qu'ils étaient couchés ensemble dans la neige, en regardant les premières étoiles éclatantes briller dans le ciel.

Petit ourson cligna ses yeux fatigués en essayant de ne pas bâiller. «J'aimerais voir qui d'autre s'en va au lit», dit-il.

«Mais nous devrons être silencieux», dit Maman ours. «Certains petits dorment déjà.»

« Regarde là-bas », chuchota Maman ours.

« Petit renard aime être cajolé et emmitouflé près de sa maman pour dormir. »

Petit ourson s'appuya contre la fourrure chaude de Maman ours. « J'aime aussi les câlins », dit-il.

« Nous serons bientôt à la maison », dit doucement sa maman. Mais Petit ourson vit alors quelqu'un d'autre…

« Je peux voir les baleines ! » dit-il, en se tournant pour contempler la mer étoilée.

« Petite baleine aime que sa maman lui chante une douce berceuse pour l'endormir », dit Maman ours.

Petit ourson s'assit avec sa maman pour observer les baleines nager jusqu'à ce qu'elles disparaissent, laissant uniquement planer le calme fredonnement de leur chant.

Petit ourson grimpa alors sur le dos de sa maman.
Pendant qu'elle le ramenait à la maison, il observait
les couleurs frémissantes qui brossaient le ciel
et écoutait la berceuse qu'elle lui fredonnait.
«J'aime aussi les chansons», dit-il à sa maman.

« Et maintenant », dit très doucement Maman ours, « il est temps que les petits oursons aillent dormir. »

Petit ourson s'emmitoufla dans la douce fourrure de sa maman, et lorsqu'elle l'embrassa tendrement pour lui dire bonne nuit…

…Petit ourson dormait déjà profondément.

Sous la lune argentée

Colleen McKeown

Les étoiles scintillaient.

Petit chaton était au lit.

Mais il était assis, toujours bien réveillé.

« Dors maintenant », lui dit sa maman.

« Mais il y a tant de bruit, je ne peux pas m'endormir ! » se plaignit chaton.

« Ce ne sont que nos amis, le rassura Maman chat, qui s'éveillent tout près de nous ».

Les petites souris s'amusent ;

elles explorent la grange pendant la nuit.

Elles sautent et gambadent, ici et là,

sous la chaleur de la lumière.

Silence chaton, entends-tu ce bruit, de quelque chose qui renifle et remue ?
Les hérissons cherchent de la nourriture le long du sol éclairé par la lune.

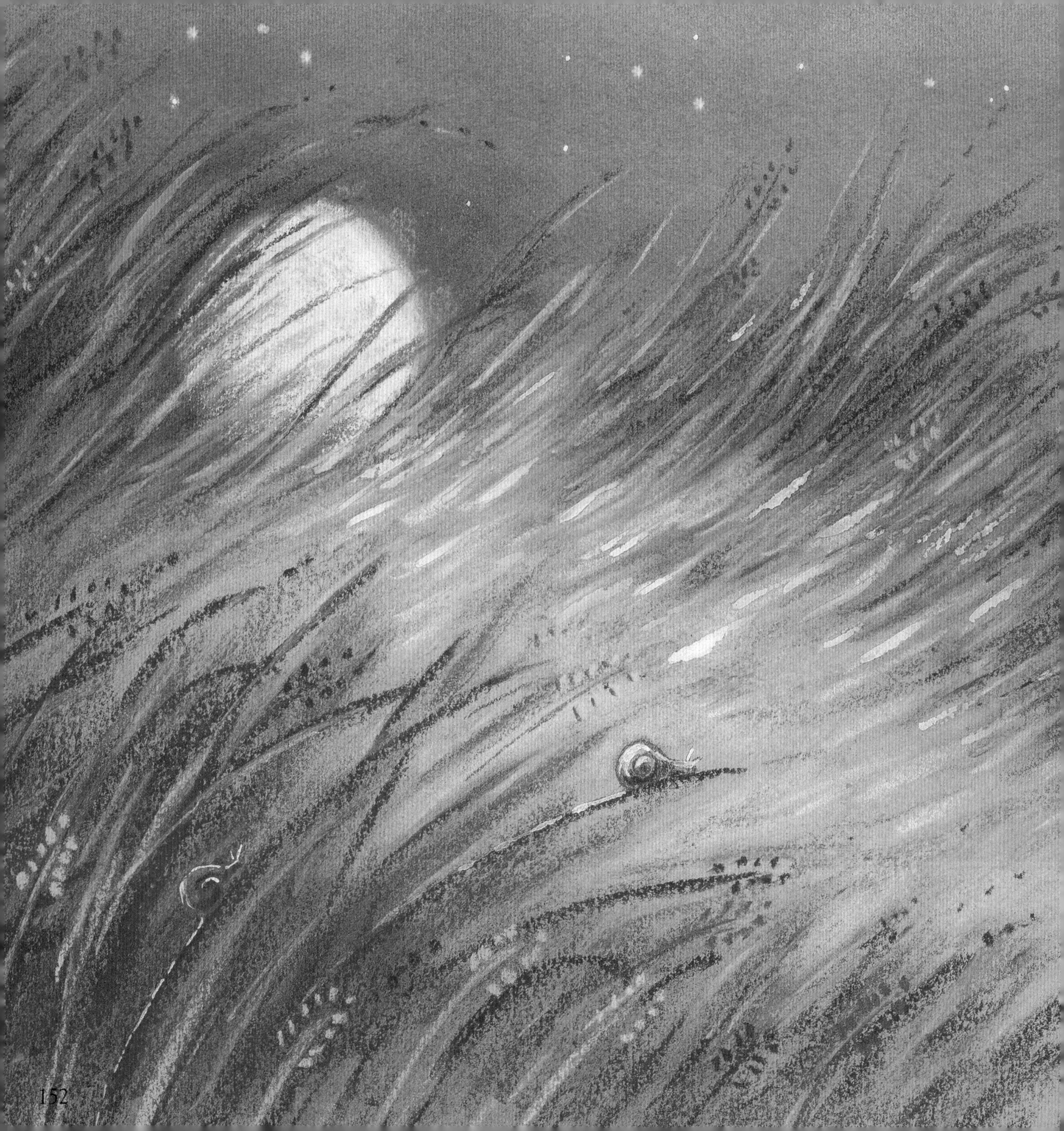

Ce gémissement que tu entends, si long et fort,

cet air de chasse, éloigné,

c'est celui du renard qui est éveillé.

Il s'adresse à la lune.

Autour de nous tourbillonne une mélodie d'été ;
elle virevolte parmi les arbres.
La brise du soir soulève le doux bruissement
des feuilles.

Au-delà du pré de la nuit,

où l'air est doux et frais,

les grenouilles croassent doucement

tout autour du bassin, au clair de lune.

Certaines créatures sont immobiles

et restent sans bruit.

Comme nous, elles ont eu une journée bien

remplie et sont maintenant bien assoupies.

Les blaireaux étirent leurs pattes engourdies,

et clignent des yeux dans l'obscurité.

« Bonsoir », annoncent-ils,

dans un éclat profond et amusé.

Les lièvres agiles dansent ;

leurs pattes piétinent sur le sol.

Ils chassent leur queue en faisant des bonds joyeux,

ils sautillent et cabriolent.

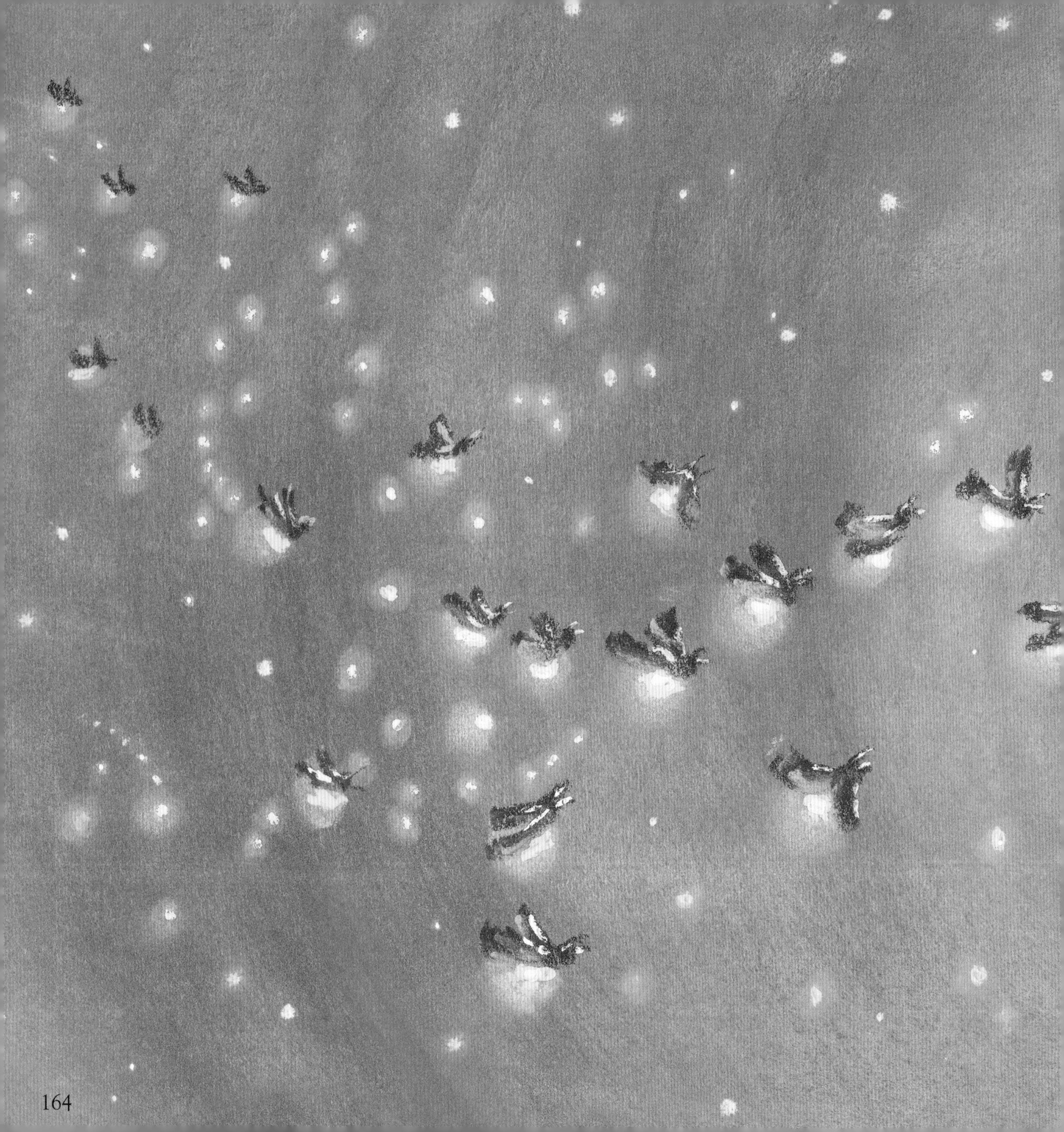

Quelque chose de calme et doux
éclaire les cieux de la nuit.
Ravissantes et chaleureuses,
les lucioles s'illuminent.

La chouette hulule doucement ;

glissant parmi les étoiles.

Elle s'élance, volant vers la grange, sa maison

et plane avec le vent.

Alors vois-tu, mon petit,

que tu ne dois craindre de rien.

Tout ce que tu entends

ne sont que les activités nocturnes de nos amis.

Petit chaton ferma les yeux

et serra très fort sa maman.

«Il est temps de t'endormir», ronronne-t-elle.

«Fais de beaux rêves mon amour, bonne nuit.»

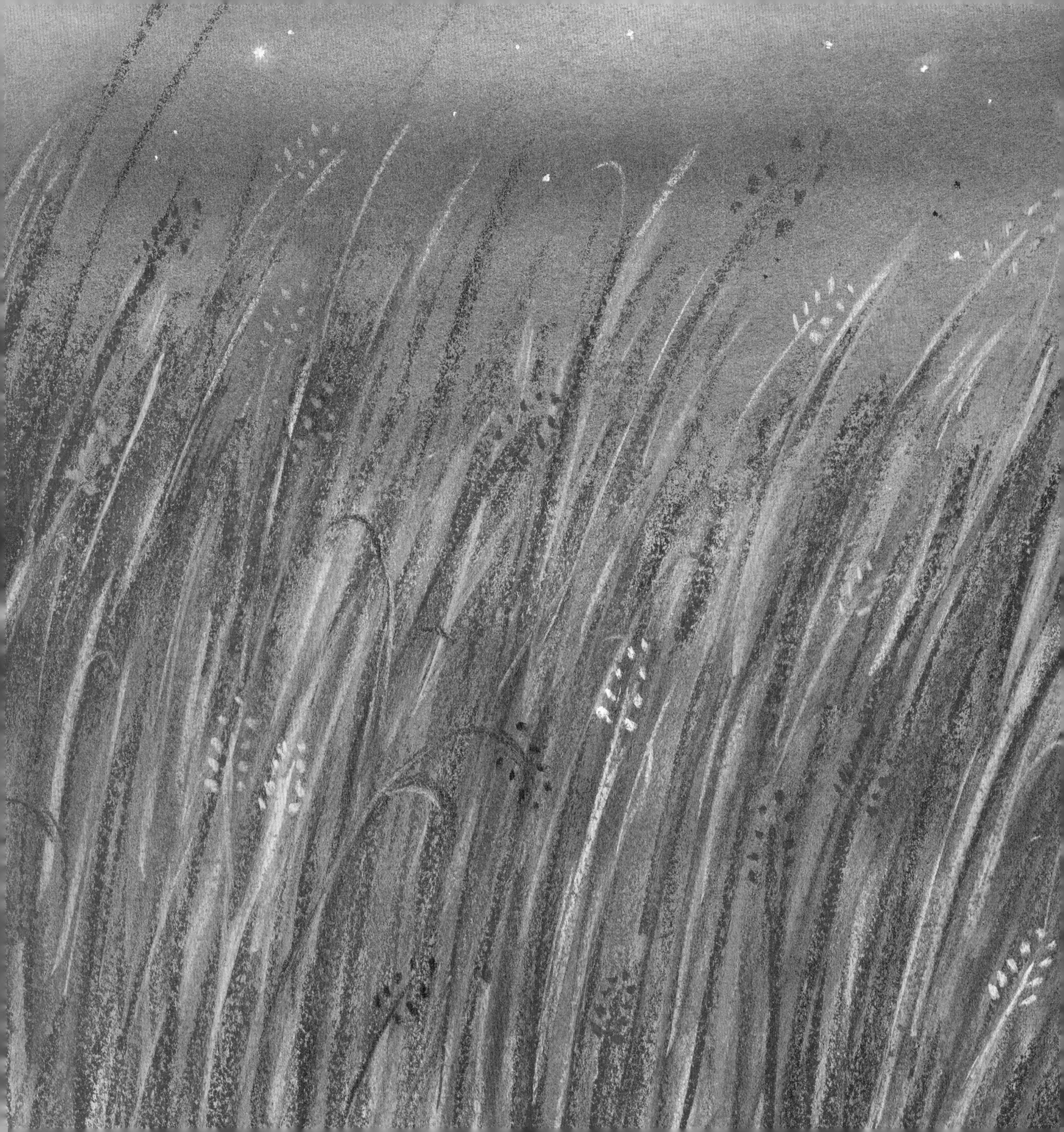

C'est l'heure de dormir, Émile Ourson !

Catherine Walters

— C'est bientôt l'heure d'aller au lit, appela Maman Ours en prenant les bébés Ours dans ses bras.

— C'est pas possible, pleurnicha Émile Ourson. Il fait encore jour, dehors.

— C'est toujours comme ça en été, lui répondit Maman Ours. Allez, viens prendre ton bain.

Émile Ourson s’assit au bord du lac.

Les poissons sautaient hors de l’eau pour attraper des insectes.

— Mmhh ! Les poissons ne vont pas se coucher, eux ! pensa Émile. Pourquoi est-ce que moi, je dois dormir ?

Cela lui donna une idée…

— Regardez, je suis un poisson, cria Émile Ourson. Je n'ai pas besoin d'aller me coucher!

Et il plongea dans l'eau et commença à s'éclabousser.

Son frère et sa sœur se mirent à rire et à jouer eux aussi avec l'eau.

— Ne fais pas ça, soupira Maman Ours. Ils vont être trop excités pour dormir.

Quand tous ses petits furent calmés, Maman Ours les ramena à la maison.

— La soirée est chaude, dit-elle à Émile. Va chercher de l'herbe fraîche pour ton lit. Ça t'aidera à dormir.

Émile Ourson sortit et arracha quelques poignées d'herbe. Des chouettes traversaient la prairie en volant.

— Les chouettes ne vont pas se coucher. Pourquoi est-ce que moi, je dois dormir ?

Il courut dans la grotte en agitant les bras.

— Regardez, je suis une chouette! hulula-t-il. Je ne suis pas obligé d'aller me coucher!

— Émile, arrête! grogna Maman Ours. Regarde, les bébés aussi sont en train de défaire leur joli lit. Vous n'aurez nulle part où dormir.

Enfin, Émile Ourson et les bébés
Ours furent au lit.
— Je vais vous chanter une petite chanson,
dit Maman Ours. Fermez les yeux.
Émile n'écoutait pas.
Il entendait les loups hurler dehors.
— Les loups ne vont pas se coucher,
eux non plus, se dit-il.
Pourquoi est-ce que moi,
je dois dormir ?

— Regardez, je suis un loup ! Ouh ouhhhh ! hurla Émile Ourson.

— Ouh, ouh, ouh ! piaillèrent les bébés Ours.

— Émile, ça suffit ! ordonna Maman Ours. Je ne veux pas de petit loup dans la grotte. Va dehors en attendant que les bébés s'endorment.

— Youpi ! cria Émile Ourson en s'élançant dehors.

Il traversa la prairie à toute vitesse en hurlant :

— Ouhhhhh !

Et tout à côté de lui, quelqu'un lui répondit !

— Ouhhhhh !

Émile Ourson sursauta. Juste devant lui, il y avait un petit loup ; et sa famille n'était pas loin.

— Tu es un loup ? demanda le petit. Tu cries comme nous, mais tu ne nous ressembles pas.

— Tu es sûr que tu es un loup ? dit une grosse voix grave…

— À mon avis, tu ressembles plutôt à un petit ours.

C'était Papa Ours.

— Je suis un ours, je suis un ours! cria Émile tandis que Papa Ours l'emmenait avec lui.

— Bonne nuit, petit ours! lança le petit loup.

— Vraiment, tu es un ours ? dit Papa Ours. Mais est-ce que tu es un ours fatigué et prêt à aller se coucher ?

— Non, répondit Émile. Je ne suis pas…

Mais avant de pouvoir finir sa phrase, il s'était profondément endormi.

Chut! On dort...

Claire Freedman et
John Bendall-Brunello

La nuit tombait. Le ciel semblait de plus en plus sombre autour de la ferme et la lune brillait haut dans le ciel.

— Tu ne dors pas Serpolet ? dit Maman Lapin. Il faut dormir maintenant !

— Je n'y arrive pas maman. Il y a trop de bruit. Est-ce que tu entends, toi aussi, tout ces coin-coin ? demanda Serpolet, les oreilles dressées.

— Chut, mon lapin, ce n'est rien, répondit Maman Lapin. Ce sont les canards qui cancanent dans les roseaux.

— Pardon Serpolet ! s'exclama un canard au regard attendri, nous ne voulions pas t'empêcher de dormir, nous chantions des berceuses. Veux-tu que nous chantions pour toi ?

Oh oui, s'il vous plaît ! s'enthousiasma Serpolet.

COIN-COIN

Le canard, très fier, secoua les plumes, redressa le torse et se mit à fredonner la plus charmante berceuse du répertoire canard.
— C'est si joli, chuchota Serpolet à moitié endormi.
— Bonne nuit, murmura le canard.
Puis, sous le clair de lune, il regagna la mare sans faire de bruit.

— Hou, hou, hulula le hibou sur le toit de la grange.
— Veux-tu te taire ! chuchota Maman Lapin. Et le hibou s'envola vers les bois.

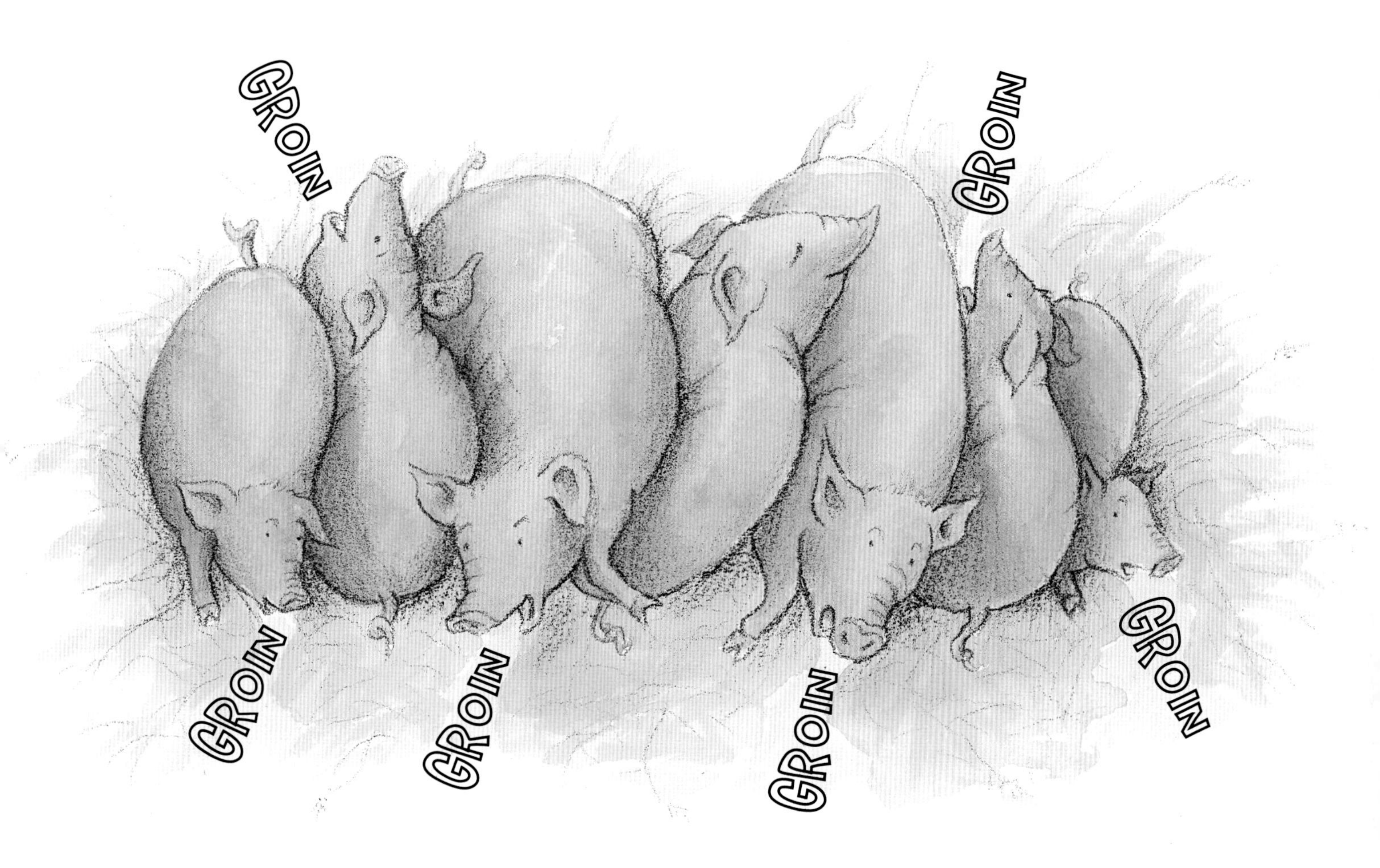

— Groin, groin, grognement en chœur les cochons couchés tête-bêche dans le foin.
— Voulez-vous vous taire ! répéta Maman Lapin. Dors, maintenant, mon lapin.
Fatigué, Serpolet ferma les yeux…
… mais il ne fut pas long à les rouvrir.

Il dressa les oreilles.

— Est-ce que tu entends, toi aussi, tous ces meuh-meuh ? demanda Serpolet.

— Chut, mon lapin ! Ce n'est rien, dit Maman Lapin. Ce sont les vaches qui meuglent dans l'étable.

— Pardon Serpolet ! s'exclama une vache au doux regard, nous racontions seulement des histoires pour dormir. Veux-tu en écouter une ?

— Oh oui, avec plaisir !

La vache raconta alors le plus beau conte de vache.
— C'était merveilleux ! bâilla Serpolet.
— Bonne nuit, murmura la vache.
D'un pas lourd, elle se dirigea vers l'étable le plus silencieusement possible.

— Miaouu ! miaula la chatte du fermier qui appelait son dernier chaton.

Hi-han ! On entendit l'âne braire dans son sommeil.
— Chut ! murmura Maman Lapin. Dors mon lapin.
Serpolet ferma les yeux…

… et les rouvrit sur-le-champ, les oreilles à nouveau dressées.
— Est-ce que tu entends, toi aussi, tous ces cot-cot ? demanda Serpolet.
— Chut, mon lapin ! Ce n'est rien, dit Maman Lapin. Ce sont les poules qui jouent à cache-cache dans le foin.

— Pardon Serpolet, s'excusa une poule aux yeux pétillants, nous ramassions de la paille pour rendre nos lits douillets. En voudrais-tu pour cette nuit ?

— Oh oui, avec plaisir !

La poule prépara un lit douillet avec la paille la plus douce qu'elle trouva.
— C'est si moelleux ! soupira Serpolet qui n'arrivait plus à garder les yeux ouverts.
— Bonne nuit, murmura la poule.
Puis elle fit doucement demi-tour vers le poulailler en marchant sur la pointe des pattes.

— Chut ! murmurèrent les canards au clapotis de la mare.

Chut! murmurèrent les vaches au bruissement des feuilles.

— Chut ! murmurèrent les poules au souffle du vent.

— Bonne nuit, Serpolet, chuchota Maman Lapin, puis elle serra son bébé lapin contre elle. La lune s'était cachée derrière les nuages. Il n'y avait plus de bruits lorsque soudain….

… au fond de l’écurie, un poulain ouvrit les yeux, dressa les oreilles et demanda :

— Est-ce que tu entends, toi aussi, tous ces « rron-pfff », maman ?

— Chut, mon poulain, ce n’est rien, répondit sa maman. C’est le petit Serpolet qui ronfle en dormant !

Bonne nuit, Petit lièvre

Sheridan Cain et Sally Percy

Sous la lune argentée, Petit lièvre était étendu, les yeux bien fermés. Le ciel lui servait de couverture, tandis que le foin doux formait son lit. « Bonne nuit, petit lièvre », chuchota Maman lièvre.

Au même moment, apparût Loutre.

« Vous ne pouvez pas laisser votre bébé ici ! » dit-il.

« Le fermier coupe le foin à l'aube. »

« Mais que puis-je donc faire ? » demanda Maman lièvre.

« Où peut dormir Petit lièvre ? »

« Vous devriez lui creuser un trou ! » dit Loutre.

Maman lièvre se mit à creuser.

Elle grattait, grattait la douce terre brune, jusqu'à ce que le trou soit grand et profond. Elle porta ensuite Petit lièvre à son nouveau lit.

Mais Petit lièvre ne l'aimait pas. « Maman », pleura-t-il. « Il fait si noir et je ne peux pas m'endormir. »

« Maman lièvre », dit Blaireau, qui les suivait en trottinant, « vous ne pouvez pas laisser votre bébé dans le noir. »

« Mais où peut dormir Petit lièvre ? »
demanda Maman lièvre.

« Vous devriez le couvrir dans un lit
de feuilles », dit Blaireau.

Alors Maman lièvre se dépêcha
et se précipita.

Elle amassa les feuilles et fit une
grosse butte. Elle porta ensuite
Petit lièvre dans son nouveau lit.

Mais Petit lièvre ne l'aimait pas. « Maman », pleura-t-il.
« Je n'aime pas les craquements de mon nouveau lit. »

De son arbre, Merle entendit les pleurs de Petit lièvre.

« Maman lièvre », dit-il, « vous ne pouvez pas laisser votre bébé ici. »

« Mais où Petit lièvre peut-il dormir ? » demanda Maman lièvre.

« Ce dont vous avez besoin est d'un nid, juché bien haut », dit Merle.

Maman lièvre plaça donc
Petit lièvre dans un nid
d'oiseau inoccupé.

Mais Petit lièvre ne l’aimait pas.

« Maman », pleura-t-il, en regardant en bas, « c’est haut ici, je pourrais tomber. »

Maman lièvre déplaça donc Petit lièvre à nouveau.
Elle ne savait plus quoi faire. « Oh là là ! » soupira-t-elle.
« Comment vais-je trouver le lit parfait pour Petit lièvre ? »

Chouette observait
de son perchoir.

Ne vous rappelez-vous pas la façon
dont votre mère vous gardait en sécurité
lorsque *vous* étiez jeune ? » dit-il.

Maman lièvre se souvint du ciel qui avait été sa couverture et du doux foin doré qui avait été son lit.

Elle se rappela comment, du coucher au lever du soleil, sa mère la surveillait.

Le soleil se levait tout juste.

Les yeux de Maman lièvre s'illuminèrent. Le fermier était passé tôt, et le foin était coupé. C'était maintenant sécuritaire, à cet endroit.

Maman lièvre porta Petit lièvre à son ancien lit et le déposa doucement.

«Maman», dit Petit lièvre.
«Ceci est mon lit, et je l'aime.»

Puis tous chuchotèrent,
«Bonne nuit, Petit lièvre!»

Bonne nuit, Arthur !

Claire Freedman
et Rory Tyger

C'était Grand-Mère qui gardait Arthur ce soir-là.

— Tu ne dors pas encore, Arthur ? demanda Grand-Mère.

— Non ! répondit-il. Je n'ai pas sommeil. Je suis bien réveillé !

Grand-Mère s'assit au bord du lit.

— Tous tes petits amis sont avec toi ? demanda-t-elle, ils t'aideront à t'endormir.

— Tigre et Lapin sont là, dit Arthur. Mais Éléphant a disparu.

— Tiens, le voilà ! dit Grand-Mère en glissant Éléphant sous les draps. Serre-le bien fort, et tu t'endormiras très vite.

Mais ni Arthur ni ses petits amis ne réussirent à s'endormir.

— Je suis toujours réveillé, Grand-Mère, dit Arthur.

— Que dirais-tu d'un bon lait chaud ? dit Grand-Mère. Cela m'aide toujours à m'endormir.

Arthur bu son lait jusqu'à la dernière goutte, mais il n'avait toujours pas sommeil.

— Je suis toujours réveillé, Grand-Mère ! Si on allait regarder les lucioles ? Cela m'aidera peut-être à m'endormir.

Grand-Mère enveloppa Arthur dans sa couverture et , ensemble, ils regardèrent danser les lucioles. Arthur les compta, mais il n’avait toujours pas sommeil.

— Je suis toujours réveillé, Grand-Mère ! dit Arthur. Chante-moi une berceuse. Cela m’aidera peut-être à m’endormir.

Grand-Mère chanta à Arthur ses berceuses préférées. Il ferma les yeux et écouta… Mais il n'avait toujours pas sommeil.

— Je suis toujours réveillé, Grand-Mère ! murmura-t-il.

— Je sais, Arthur, dit Grand-Mère. Je vais te bercer dans mes bras. Cela t'aidera peut-être à t'endormir.

Grand-Mère berça tendrement Arthur dans ses bras en marchant de long en large dans le jardin. Arthur se sentait en sécurité dans les bras de Grand-Mère, il avait bien chaud, mais il n'avait toujours pas sommeil.

— Je suis toujours réveillé, Grand-Mère ! s'exclama Arthur. Raconte-moi une histoire. Cela m'aidera peut-être à m'endormir.

Grand-Mère s’assit confortablement et
serra tendrement Arthur contre elle.

Elle lui raconta toutes les bêtises que sa maman faisait quand elle était petite, tout comme lui.

— Ta maman n'avait jamais sommeil, elle non plus, dit Grand-Mère.

Grand-Mère porta Arthur à l'intérieur de la maison. Elle sourit mystérieusement. Autrefois, c'est la maman d'Arthur qu'elle portait ainsi dans son lit quand celle-ci était petite.

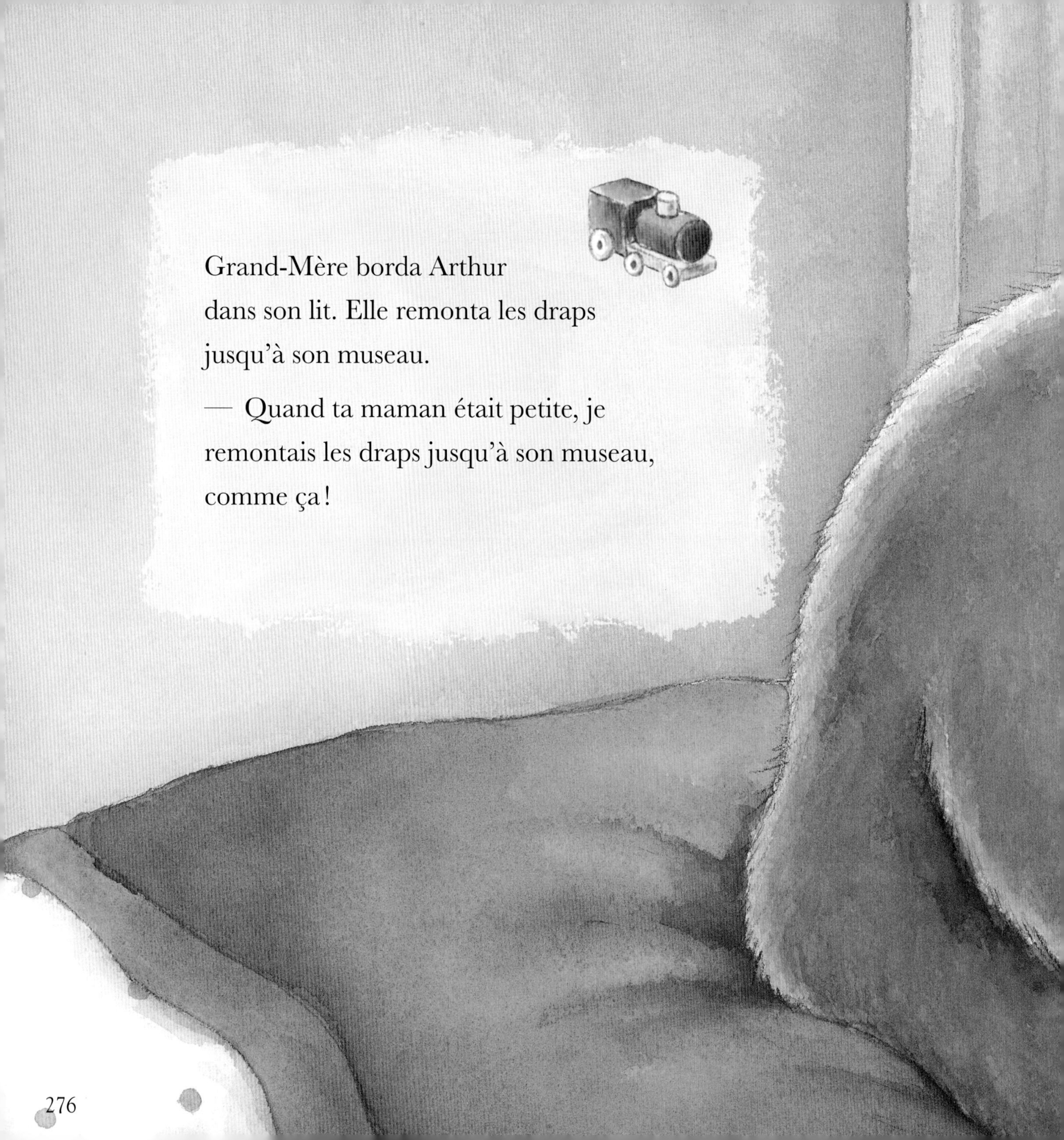

Grand-Mère borda Arthur dans son lit. Elle remonta les draps jusqu'à son museau.

— Quand ta maman était petite, je remontais les draps jusqu'à son museau, comme ça !

— Puis je lui caressais le front comme ça.

Et tout doucement, Grand-Mère lui caressa le front.

— Puis je lui donnais un baiser très tendre, comme ça, dit encore Grand-Mère.

Et Grand-Mère lui donna un baiser très tendre.

— Oh que j’ai sommeil ! dit Arthur en bâillant bruyamment. Bonne nuit, Grand-Mère, dors bien !

— Tu vois, c’est magique ! dit Grand-Mère.

Et avant que Grand-Mère ait eu le temps d'ajouter :

— Bonne nuit, dors bien !

Arthur dormait profondément.

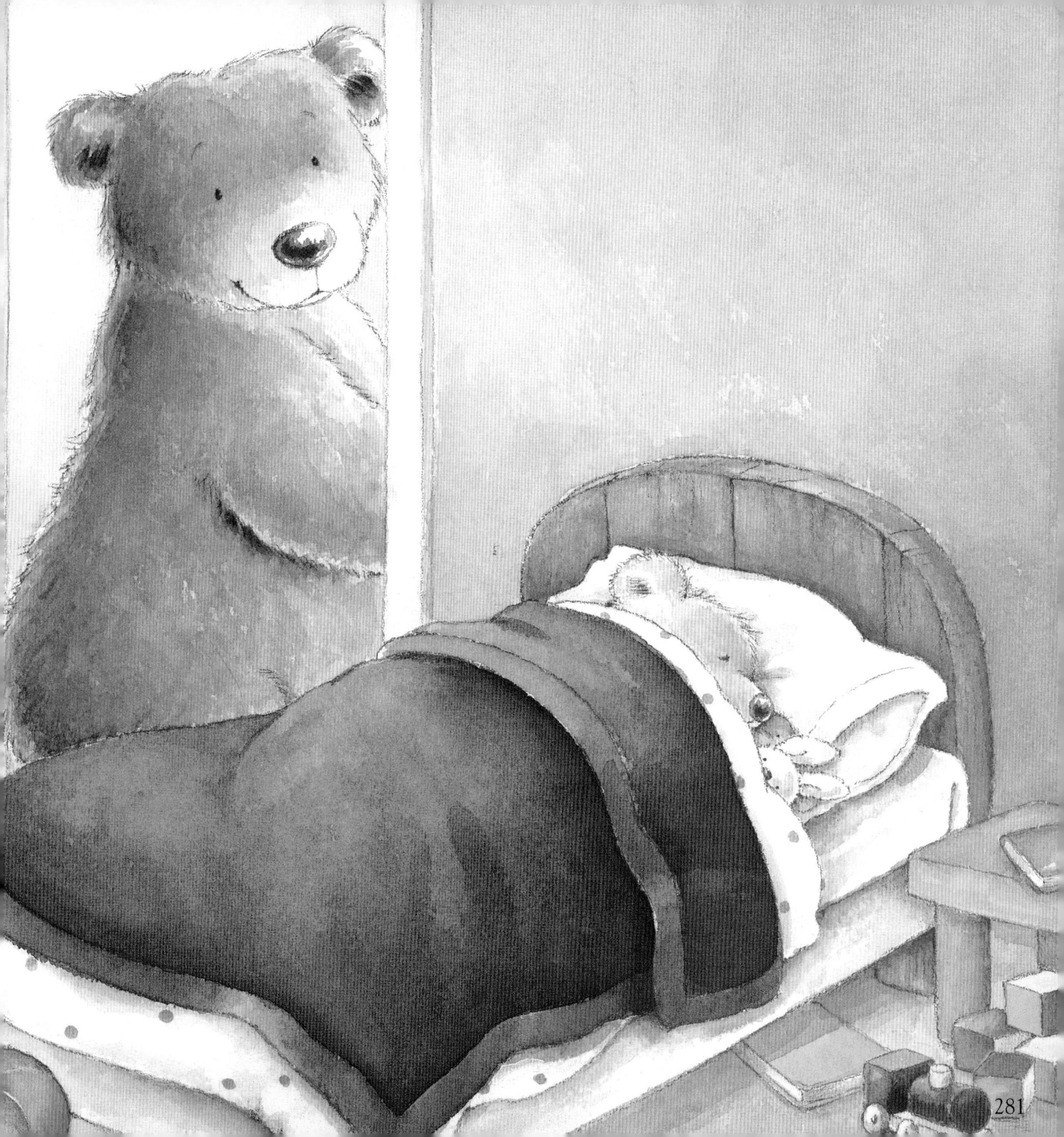

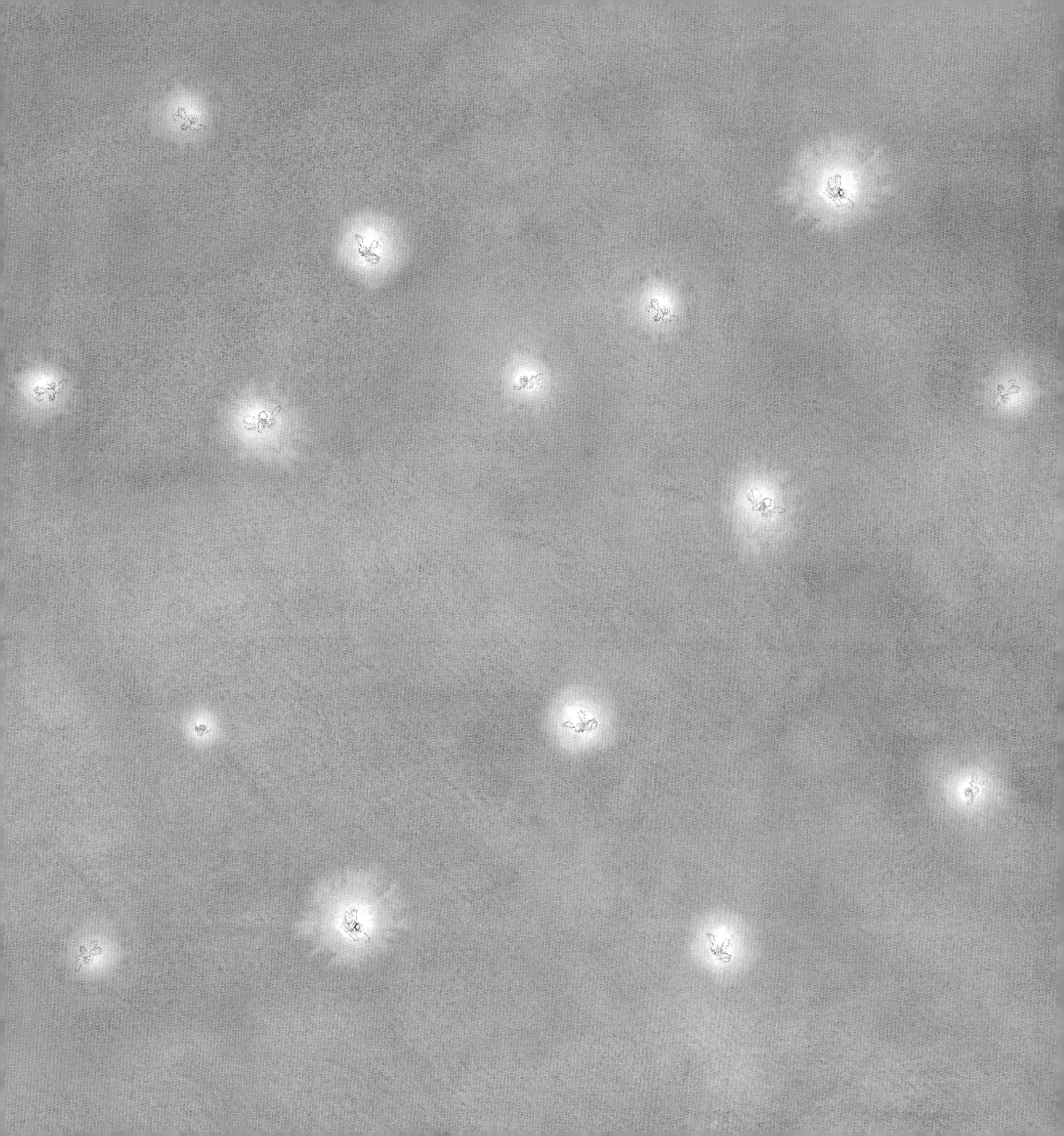

Titre original : 5 Minute Bedtime Stories

Dépôt légal – Bibliothèque et Archives nationales du Québec, 2013

ISBN 978-2-89642-846-5
LTP/1800/0774/0813

Gouvernement du Québec – Programme de crédit d'impôt pour l'édition de livres – Gestion SODEC

Nous reconnaissons l'aide financière du gouvernement du Canada par l'entremise du Fonds du livre du Canada (FLC) pour nos activités d'édition.

Imprimé en Chine

editionscaractere.com

TU NE DORS PAS, DOTTY ?

Titre original : Can't you sleep, Dotty ?
Publié par Little Tiger Press, 2001

BONNE NUIT, NEWTON !

Titre original : Night-Night, Newton
Publié par Little Tiger Press, 2001

QUE FAIS-TU DANS MON LIT ?

Titre original : What Are You Doing in My Bed ?
Publié par Little Tiger Press, 2003

AU LIT LES TOUT-PETITS

Titre original : Bedtime, Little One !
Publié par Little Tiger Press, 2011

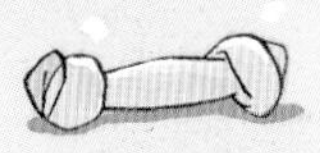

AU LIT, PETITS OURSONS !

Titre original : Bedtime for Little Bears
Publié par Little Tiger Press, 2007

SOUS LA LUNE ARGENTÉE

Titre original : Under the Silvery Moon
Publié par Little Tiger Press, 2008

C'EST L'HEURE DE DORMIR, ÉMILE OURSON !

Titre original : Time to Sleep, Alfie Bear !
Publié par Little Tiger Press, 2003

CHUT ! ON DORT…

Titre original : Hushabye Lily
Publié par Little Tiger Press, 2002

BONNE NUIT, PETIT LIÈVRE

Titre original : Goodnight, Little Hare
Publié par Little Tiger Press, 1999

BONNE NUIT, ARTHUR !

Titre original : Goodnight, Sleep Tight !
Publié par Little Tiger Press, 2003